AF401163

LA COMPARAISON DES COMPARAISONS AVX MAZARINS.

BVRLESQVE FAIT

à Descain.

A PARIS,

M. DC. LII.

Aduis au Lecteur.

IL n'y a perſonne qui ait veſcu en France depuis la moitié d'vn Siecle, qui ait beſoin de fueilletter les Hiſtoires pour y trouuer des exemples de l'ambition & de l'auarice, car ſeulement depuis cét petite eſpace de temps, ces deux pechez ſe ſont tellement coullez dans les eſprits de quelques François, qu'on n'a iamais rien veu de ſi prodigieux dans le monde, veu la quantité de ceux qui ſe ſont meſlez de les profeſſer. Il eſt vray que ces Eſtrangers qu'ils ont receus auec trop de facilité parmy eux, leur y ont ſeruy de motif, eſtant tres certain que ce n'eſt pas d'aujourd'huy que le mal ſe communique beaucoup plus facilement que le bien. L'antiquité nous fait foy, que l'imitation des Egyptiens fit receuoir autrefois en Grece toutes les plus belles Statuës: Et les Romains depuis par l'eſtroitte communication qu'ils eurent auec les Grecs, ſe formerent ſur le modele de ces peuples delicats & gentils, & s'acquirent vne tres grande habitude à toutes les ſortes de bonnes eſtudes; Mais auſſi ne furent-ils pas à la fin exempts de leur molleſte, & ils ſont deuenus tellement effeminez, à leur exemple, que l'on peut dire de l'Italie, qu'elle eſt auſſi laſche & auſſi craintiue, qu'elle a eu autrefois de generoſité & de hardieſſe Dans ſes premiers temps elle fut en admiration à tous les peuples qu'elle à depuis ſubjugez par la force, & cela pendant qu'elle a ſuiuy la Vertu, mais auſſi-toſt qu'elle s'en eſt relaſchée, & que ſa premiere regle de ſuiure le bien, eſt venuë à s'effacer peu à peu, elle eſt paruenuë dans vn ſi haut degré d'auarice & d'ambition, que perdant enſemble toutes les forces & tout le pouuoir qu'elle auoit auparauant, il ne luy eſt plus reſté que le ſeul deſir de vaincre & de dominer, ſans pouuoir plus le mettre en effet. C'eſt la ſubtile reſponſe que fit autrefois au Pape, vn de nos grands hommes, lequel eſtant à Rome pour quelque affaire qui l'y conduiſoit, & eſtant interrogé de Sa Sainteté, ce qu'il pen-

ſoit de l'humeur des Italiens : Ie remarque , dit-il , qu'ils re-
tiennent touſiours l'ambition qu'ils ont fait paroiſtre dés le
commencement de leur Monarchie ; car auſſi-toſt qu'ils ont
ceſſé d'auoir le Commandement ſur les corps, ils ont voulu
l'auoir ſur les Ames. Cette reſponſe eſt vn peu hardie, ie le
confeſſe, auſſi fut elle prononcée par vne perſonne qui n'a-
uoit pas bonne opinion de la Foy Romaine ; Neantmoins elle
ne laiſſe pas d'approcher de la Verité ; comme nous l'auons
eſprouué depuis vn peu moins de cinquante années , que des
Italiens ont commencé de regner, (s'il faut ainſi dire, en France.) Il ſeroit inutile déplucher l'Hiſtoire , puiſque pour ſi peu
que l'on ait eſté ſur la terre , ou l'on a veu de ſes propres yeux,
ou bien on a oüy dire aſſez clairement & par la voix & par les
eſcrits , ce qui eſt arriué de funeſte & d'eſpouuentable depuis la mort du Grand Henry pere de nos Roys. De m'arre-
ſter auſſi à ce qui nous voyons tous les iours arriuer à nos per-
tes & à nos dommages, ce ſeroit battre l'eau & vouloir en-
fermer le vent : c'eſt à dire, faire des choſes tout à fait inutiles,
puiſque nous en ſommes nous meſmes les témoins & les ſpe-
ctateurs. Neantmoins afin de tuer le temps dans vne ſaiſon
où il tuë vne ſi grande quantité de perſonnes dans tout ce
Royaume , ſoit par la Guerre ou ſoit par la Maladie , ie m'ar-
reſteray à vne comparaiſon gentille , bien que familiere , &
qui ſemble auoir vne proportion aſſez belle & aſſez ſubtile ;
par ce moyen ie feray paroiſtre charitablement à nos Parti-
ſans François qu'elle peut eſtre la fin & l'arriere garde de
leur ambition & de leur auarice, & s'ils veulent bien la pe-
ſer & la tourner de tous ſens, i'eſpere qu'elle leur enſeignera
le chemin par lequel ils doiuent marcher, car ie leur diray
comme Dedale diſoit à ſon fils ,

------*Medio tutiſſimus ibis.*

Vn voyageur qui rencontre en vn Carrefour trois che-
mins qui le font douter, lequel il doit ſuiure, ne ſe deſtour-
nera iamais tant , lors qu'il prend celuy du milieu , que s'il alloit fauſſement à droit ou à gauche ; le milieu eſt touſiours le
plus aſſeuré. Les trop grandes richeſſes , & les honneurs ex-
ceſſifs peuuent eſtre iuſtement comparez à la chaleur du Soleil,

leil, à laquelle lors que nous sommes trop exposez, elle nous rend le cœur si chaud & si vain, que toutes les autres parties du corps en sont affoiblies, & si l'on ne rencontroit bien-tost quelque rafraischissement, infailliblement que nous en serions estouffez. L'Or & l'Argent nous eschauffent dans la violente poursuitte que nous en faisons, tant plus vn auaricieux en possede, tant plus il en voudroit acquerir, de sorte que le mouuement de son cœur, & la continuelle agitation de ses pensées, luy causent vn feu dans son ame, qui l'eschauffe de plus en plus, lequel s'il n'est refroidy par quelque relasche, sans doute qu'il le perd, & le contrainct de se separer d'auec sa matiere, qui l'empesche de receuoir le rafraischissement necessaire. Les Grands de mesme peuuent estre comparez à la chaleur du Soleil, il est dangereux de s'en approcher de trop prez, car si vous leur plaisez aujourd'huy, il ne faut qu'vne action ou qu'vne parole prononcée vn peu trop legerement & par innocence, qui ne leur sera pas agreable, & les voilà changez tout en vn moment ; d'agreables que vous leur estiez, vous leur deuiendrez odieux, de sorte, que rien ne pourra les reconcilier auec vous ; il vous faudra retirer d'aupres leurs personnes, & ce sera vne tres insigne faueur qu'ils vous feront, s'ils vous assignent quelque lieu pour vous retirer, car bien souuent ils arriuent dans vn tel excez de colere, qu'ils ne se trouuent point contens à moins que de vous condamner à la mort, & à la mort qu'ils vous feront donner mesme par la main d'vn Bourreau. Ils ne font pas comme ce bon Pere de nostre Fable, qui s'efforçoit d'enseigner à son fils le chemin qu'il deuoit tenir par toutes les sortes de persuasions qui luy estoient possible, car ils n'ont pas pour vous cét amour de Pere que Dedale auoit pour Icare; Ordinairement leur interest particulier qui les a portez à vostre auantage, les porte aussi à vous donner le dernier coup de la mort, selon que vous estes l'objet de leur haine & de leur vangeance, ou pour mieux dire, sinon que vous leur pouuez profiter ou nuire. Dauantage, il se rencontre tant de flatteurs aux costez des Grands, que les Cieux ne sont pas plus fournis d'Estoilles, qu'ils sont entourrez de ces sortes de personnes, qui ne font qu'espier les occasions de faire leur profit de la perte de ceux qui les precedent en authorité & en faueur, & par ce moyen ce que l'vn perd l'autre le regagne. Aueugle qu'il eſt! qui ne connoiſt pas qu'il luy en peut autant arriuer qu'à vous. Ie remarque à cét endroit ce que le Poëte a eu raiſon de dire que Dedale ſe retira, vers l'Occident,

Chalcidicaque leuis ſumma ſuper aſtitit arce,

Pour faire voir que Dedale à la verité, par ſon bel eſprit, ſe retiroit de chez eux, des embuſches que Minos luy auoit dreſſées, mais auſſi, qu'il entroit par ce moyen dans vn perpetuel exil, ſans aucune eſperance de rentrer iamais en grace auec Minos, en l'eſloignant ſi loin de ſon Prince & de ſon pays. Le pere dans cette Fable vous peut ſeruir d'exemple, de moderation & de mediocrité : Et le fils de ſottiſe & de preſomption. [C'eſt cher Lecteur] ce que ie t'ay voulu faire voir charitablement dans ces Vers ſuiuans. Deuiens ſage aux deſpens de ces deux perſonnes, & tu auras ce que ie te deſire ardemment. A Dieu.

LA COMPARAISON DES COMPAraiſons de Mazarin.

PORTE' ſur les aiſles d'Eole
  Qui va, qui vient, qui court, qui vole,
En toutes parts de l'Vniuers,
l'entreprens de faire des Vers
Pour les faire entendre à des hommes
En d'autres lieux que nous ne ſommes,
l'entens bien loin de ces quartiers
Où les eſprits ſont ſi altiers
Qu'ils ne daignent ietter la veuë
Sur vne Muſe deſpourueuë,
De ſupport & d'authorité,
Tant ils ſont pleins de vanité.
  Mais baſte, il n'importe à perſonne,
C'eſt vn plaiſir que ie me donne,
Et pourueu que ie ſois content
C'eſt tout ce que mon cœur pretent

I'ay trop de loiſir pour ne faire
En ce temps quelque bon affaire ,
Mais au Diable ſoit le loiſir ,
Ie n'en reçois point de plaiſir ,
Mon gouſſes put comme punaiſe
Ne me met pas bien à mon aiſe ,
Et c'eſt ce qui me fait peſter ,
Crier , coniurer , deteſter ,
Contre la mauuaiſe fortune
Qui me picque & qui m'importune ,
Et que mon eſprit tout chagrin
Se deſcharge ſur Mazarin ,
Car , las ! autrement le bon homme
Pourroit eſtre Pape de Rome ,
Et meſme le Pape Colas ,
Que ie ne m'en ſoucirois pas.
Chacun fait ce qu'il peut ſur terre ,
Les vns s'auancent par la Guerre ,
Les autres trouuent dans la Paix
Vn ſuccez qui n'eſt pas mauuais.
Les autres courroient tout le monde ,
Soit ſur la terre ou ſoit ſur l'onde
Qu'ils ne trouueroient vn licol
Seulement pour ſerrer leur col ,
Tant que la fortune eſt bigare.

   Mais ie penſe que ie m'egare ,
I'auois entrepris de parler
De Mazarin , & l'eſgaler
A cét Icare de la Fable ,
Qui ne fut pas ſi deteſtable
Que ce Miniſtre Cardinal ,
Car il ne fit iamais qu'vn mal ,
Qui fut vne trop forte enuie ,
Mais ce mal luy couſta la vie.

   Voyons donc , s'il vous plaiſt , enfin
Quelle fut ſa funeſte fin ,
Et coniecturons de la ſienne
Maiſque le iuſte moment vienne

Que le Mazarin finira
Quelle Catastrophe il aura.
  Les Mazarins tant fils que pere
L'on ne parle point de la mere,
Elle eſtoit dé-ja *ad patres*,
En Sicile faiſoient *flores* ;
Les plus rafinez de cette Iſle
Ne connoiſſoient rien dans leur ſtile
En fait de voler & piller,
Ils ſçauoient l'art de gouſpiller
Mieux que tous les hommes du monde,
Leur excroque eſtoit ſans ſeconde,
Et eſtoit arriuée au point
Que d'égale elle n'auoit point.
Tout le peuple de la Sicile,
Auſſi bien des Champs que de Ville,
Vn iour fit ſa plainte de quoy,
Quand ils diſoient Ham, c'eſt pour moy)
Ils entroſloient à toute vire,
Ou froid ou chaud, cuit ou non cuire,
Bref, ils s'accommodoient de tout,
Quoy diſoit on, cela nous f.….
  Ma foy, il faut ribon ribaine,
Qu'ils danſent la Camelotaine,
Nous n'en ſouffrirons pas vn brin,
Il faut crier au Mazarin :
C'a, ça, ça, que ces allobroges
Faſſent viſtes Iacques des loges,
Au cas qu'ils en faſſent refus,
Courons leur tous hardiment ſus,
Et crions ſans aucune Requeſte,
Haro ſur eux & leur beſte.
  Le bon Dedale, à qui Minos
Faiſoit faire Cuſtodinos,
Et à ſon fils dans le Dedale,
Qu'auoit meſme inuenté Dedale,
Ne ſçauoit ſur quel pied dancer ;
Il auoit ſans rien auancer,

Eſpuiſé

Espuisé sa pauure caboche,
Mais tousiours quelque hanicroche
Prenoit ies desseins au colet,
Le cheual qu'auoit Pacolet
Eust bien seruy à cette affaire,
Mais nargue pour l'Apoticaire,
S'il n'eust point sçeu d'autre moyen,
Pour luy & pour le fils sien,
Helas ils y seroient encore!
Ie ne dis pas au petit More,
Au petit More à Vaugirard,
A manger des nauets au lard;
Ie dis dedans le labirinte,
Où les plus preux mouroient de crainte,
Au seul bruit du Minotaurus,
Qui croquoit les hommes tous crus,
Sans excepter personne aucune,
M'appellés vous cela des prunes;
Il y seroit, ou tout au moins,
Si l'on s'en rapporte aux tesmoins,
Il y eut attendu la Parque,
Car ce beau Iannin de Monarque
Auoit chauffé dans son cerueau,
Qu'il y mourroit auec son veau,
Ou homme veau, ie m'en raporte,
Lequel vous voudrés, il n'importe:
Mais malgré sa peine & son soing,
Dedale dedans le besoing,
S'aduisa d'vne bonne ruze,
Qui fit voir qu'il n'estoit pas buze:
Voyant que raillerie à part
Il ne chiroit point autre part,
Que dans les lieux du labirinte,
S'il n'executoit vne quinte,

Dont autre que ce fin rufé
Ne fe fut iamais auifé;
Il faut dit-il que ie m'enuole,
Voyés s'il n'eftoit pas bien drofle,
Mais de la façon qu'il le dift,
De la mefme forte il le fift:
Ie piffe en mes chauffes de rire,
Quand le peuple qu'il fit de cire
Les aifles auec quoy il vola,
Pour tirer fes Gregues delà,
C'eftoient des aifles fi gentilles
Que rien plus : Morbleu que nos filles
Ie cheuiroient bien de cela,
Quand elles vont par cy par là,
A trauers les pois & les febves,
Tafter fi les bois font en feuę; .
Oüy cela leur efpargneroit
Maint bord de cotte , & on verroit
Mainte dondon quicourt, qui trotte
Parmy les bourbiers & les crotte,
Et s'efchauffe l'entrefaifon
S'en fauuer de cette façon.
Si quelqu'vn en tenoit boutique
Il auroit bien de la pratique;
Maints folliciteurs de procez,
Gens qui fe crottent à l'excez,
Maintes gens qui portent galoche,
Ceux-là mefme qu'on tire en coche,
Maintes & maints Clercs gratte papiers,
Maints Efcoliers portant cayers,
Maintes gens venans de Gafcogne
Luy tailleroient de la befogne,
Car ces Gafcons qu'on voit botter,
Ne fe meflent point de trotter

Autrement qu'à beau pied fans lance,
Et fi quelqu'vn d'entr'eux s'aduance
De monter vn iour à cheual,
C'eft fur vn afne au Carnaual;
    Mais foüin ie fens que ie m'efgare,
I'ay prefque perdu mon Icare,
Non, non, il fe retrouuera,
Ou bien le grand Diable y fera,
Car il n'auoit point encore d'aifles,
Quand j'ay parlé de nos donzelles:
Il falloit neceffairement
Que ie dift mon fentiment
Sur cette petite matiere,
Bien ou mal il ne m'en chaut guere,
Ie le voulois, c'eft affez dit,
Vn afne n'eft point interdit
De boire eftant à la fontaine,
Et d'en prendre à perte d'haleine;
I'en diray à tort & à droiȼt,
Car ie fçay bien qu'au mefme endroit
Où j'ay laiffé ce perfonnage,
Ie le trouueray & j'en gage,
Grotefquement emplumaillé.
    Dedale ayant bien trauaillé
A fe faire chacun deux aifles
En ficha deux fous fes ayfelles,
Les deux autres fon fils les prit,
Deffus fes efpaulles les mit,
Et les cola de cire jaune;
Son papa luy fift vn grand profne,
Et luy dit, ne fois pas fi fol
Que de t'aller rompre le col;
Encore vn coup dit-il efcoutes,
Prens bien garde par quelle routes

Tu fais deſſein de t'enuóler
Lors que tu ſeras parmy l'air;
Tu feras fort bien de me croire
Si tu n'és reſolu de boire;
Ne prens ny trop bas ny trop haut
L'vn eſt trop froid l'autre eſt trop chaud;
Vers ce bas il ſouffle vne biſe
Qui pourroit bien eſtre aſſez griſe
Pour endurcir tes inſtrumens
Et les rendre ſans mouuemens;
Auſſi ſi vers le haut tu tire
C'eſt fait de tes aiſles de cire.
Le Soleil ſans beaucoup d'effors
Te mettra bien-toſt haut le corps;
C'eſt par le milieu qu'on enfourne,
Point de ce lieu ne te deſtourne,
Suis-le touſiours de point en point
Et de mal tu n'en auras point;
   Icare ayant oüy Dedale,
Priſa ſon diſcours comme bale,
Et s'il l'euſt tenu par eſcrit
Il s'en fuſt torché le conduit
Par où il rendoit ſes cliſtaires,
Ils ne firent pas grands myſteres
Pour prendre le chemin de l'air,
Comme vn Choucas qui veut voler,
Branſle le Ciel & le taucouſſe,
S'efforce & fait quelque ſecouſſe
Pour ſe rendre vn peu plus leger;
Eux eſtant preſts de déloger,
Battirent leurs flancs de leurs ailes,
Remuerent bras & aiſſelles,
Aidez de la force du vent,
Et au Diable apres mon argent;

Qui

Qui iamais a veu quelques gruës
Fendre les ais iufques aux nuës,
Ce qui fe fait affez fouuent
Quand on crie derriere-deuant,
Il a veu comme nos deux drofles
Galopoient entre les deux poles;
Dedale qui eftoit adroit
Ne marqua point à filer droit,
Mais Icare fift le folaftre,
Auffi fift il la bonne emplaftre,
Pour s'eftre raillé fans raifon
Des aduis de ce bon grifon,
De belle heure la culebutte,
Se voyant plus haut que la butte
Ou d'Ethna ou de Caufafus,
Il s'écria, ah bon Iefus !
Ou fuis-je monté fans efchelle,
Vrayement on me la baille belle
De m'auoir fait grimper fi haut,
N'importe allons puis qu'il le faut,
Et d'vne hardieffe affeurée
Gaignons cette pleine azurée,
Ie ne vis iamais rien fi beau ;
Et toufiours Maiftre Iean le Veau,
Ce Maiftre fot, ce ridicule
Monta deuers la Canicule,
Et n'aperçeut point qu'il fit chaud
Que quand il fut iufques au haut ;
Mais il n'eftoit plus temps de rire,
Ses enginsgorneaux faits de cire
Commencerent à fe lafcher,
Vainement il voulut tafcher
De donner ce brafle à fes aifles,
Ie t'en caffe c'eftoit fait d'elles,

C

Tout eſtoit fondu au Soleil;
  Iamais on ne vit ſans pareil,
S'il eût eu des calebaſſes,
Ou bien d'aſſez longues eſchaſſes,
Peut-eſtre il ſe fut eſchappé;
Mais ma foy il fut attrappé,
Penſant prendre des deux la Lune
Il gliſſa de malefortune,
Et fiſt vn dangereux faux pas,
Et puis voila mon bougre à bas,
Au milieu de la mer ſalée,
Vray eſt que s'il l'euſt aualée
Sans rien laiſſer mort il n'en fut,
Mais tout boire il ne la pût,
Seulement on dit en memoire
De luy, & l'eau qu'il n'a peû boire,
Icarius Icarias
Nominibus fecit aquas.
  Si cette cheute fut affreuſe,
Celle-cy n'eſt pas moins faſcheuſe,
Elle doit eſtre ſi elle n'eſt,
C'eſt Mazarin qui eſt tout preſt,
Vn ſeul moment de patience,
Il ſe prepare à cette dance,
On l'habille pour ce balet,
Il ne tient plus qu'à vn filet,
Encore eſt-il pourry de cuire,
Ie ſçay que cela fera rire
Quelque peu Meſſieurs de Paris,
On dit qu'ils ayment bien ce ris,
Qu'ils en ſont frians comme chatte
Eſt de poiſſon, mais qui s'apatte,
Ne veut mouïller aucunement
Pour l'oſter de ſon element

Ils font affez de tintamarres,
Mais ce n'eft que joüer aux barres;
Ils font du bruit à la maifon,
Mais fans conduite & fans raifon;
Ils tirent le monde à leur porte,
Que le grand Diable les emporte,
C'eft bien ainfi que l'on le prend;
Non ce n'eft point d'eux que defpend
L'effroyable faut de cet homme.
Tout de mefme, ou tout ainfi comme
Minos ne pût venir à bout,
Quoy que dans fon Ifle il peut tout,
D'vn mal-heureux qu'à fa colere
Il deftinoit comme fon pere,
Il ne pût, dis-je, neantmoins
Du lieu qu'on foupçonnoit le moins
Efclatta le coup de fa perte;
Ce pauure Icare à tefte verte,
Traifna luy mefme fon mal-heur
Volant trop haut; Noftre voleur
En fera tout vn & de mefme,
Car Mars n'eft iamais fans Carefme;
Mais fuiuons la comparaifon,
Et vous verrez fi i'ay raifon.
    Nous auons laiffé en Sicile
Mazarin qui trouffoit fes quilles
Plus vifte vn peu qu'il n'euft voulu,
Car l'on auoit bien refolu
D'efcrafer le fils & le pere
S'ils ne l'euffent pas voulu faire;
Voyans qu'on les preffoit fi fort,
Ils furent contrains tout d'abord
De faire Flandre en diligence,
Le fils qui auoit la prudence,

Ie ne dis pas d'homme de bien,
Ie dis prudence de vaurien,
Prudence pour chofe mauuaife,
Pour s'en aller plus à leur aife,
Fut d'aduis qu'il falloit voler,
Son pere voulut controller
Cette entreprife temeraire,
Non, non, dit-il, laiffez moy faire,
Ie fçay bien en venir à bout,
Repofez-vous fur moy de tout;
Ie feray comme Icare en Crete,
Mais ie ne feray pas fi befte
De prendre les aifles qu'il prit,
De peur de faire ce qu'il fit;
I'en feray d'vne autre matiere,
Que la chaleur tant foit-elle fiere,
Ne diffoudra aucunement;
C'eft d'or, Ie fçay fort bien comment
L'on emmanche cette machine,
Nous en auons grace diuine,
Grace diuine, le coquin,
Dieu n'affifte point vn faquin,
S'il a de l'or dedans fon coffre,
Il l'a acquis en liffre loffre,
Gafconnant à tort & à droit,
Et Dieu l'aide, fol qui le croit:
Quoy qu'il en foit ils en trouuerent,
De forte qu'ils s'acheminerent,
Mais iamais droit tout de trauers,
Toufiours biaifant dans les airs,
Et mettant à l'abry leurs teftes
Des tourbillons & des tempeftes,
Quand ils furent en feureté
Chacun vola de fon cofté,

Le

Le vieil Mazarin teste grife
Prift fa route deuers Venife,
Où il eft encore à prefent,
L'autre qui eftoit moins pefant,
Et à qui touche ma fatyre,
Gagea Rome tout d'vne tire;
Quand à Rome il fut arriué
Il voloit en homme priué,
D'abord il ne s'efleua guere,
Il fut feulement Secretaire
D'vn Cardinal dit Sagetti,
Mais ie penfe que i'ay menti,
Et qu'il y conuient à pareftre
Vn chetif petit porte lettre,
Meftier où il ne laiffoit pas
De voler, mais tenant le bas;
D'affeurer que ce fut la Charge
Qu'il eut d'abord, ie ne m'en charge,
Mais ie fçay bien, comme i'aydit,
Que ce fut le premier credit,
Par où s'eft efleué cet homme,
Que d'eftre Secretaire à Rome;
Quand Secretaire il euft efté
Pendant vn certain iour d'Efté
Que le Ciel eftoit fans nuage,
Il vola plus haut d'vn eftage,
Le Pape en fit fon Meffager
Pour galopper chez l'Eftranger,
Par quel moyen, pour quelle caufe?
Chacun diuerfement en caufe;
Mais la vraye eft qu'vn Barberin,
Lequel on dit que Mazarin
Dans ce temps-là portoit en croupe
Quand il auoit le vent en poupe,

D

Barberin qui Cardinal eſt
Porta ſi fort ſon intereſt
Que connoiſtre il le fit au Pape,
Mazarin qui vole & qui happe,
Ayant volé en ſi haut lieu,
Meſnagea comme il plût à Dieu
Vn ſi ſignalé auantage:
Il y fit ſi bien ſon meſnage,
Qu'au Vatican on reſolut
Qu'il voleroit pour le ſalut
Des ames de tous les fidelles;
Cela luy renforça les aiſles,
Et le miſt en vn tel eſtat
Qu'il voloit en homme d'Eſtat;
Eſtant pourueu de cét Office,
Il fut touſiours en exercice
Tantoſt deçà, tantoſt delà,
Tantoſt pour mettre le hola
Entre ceux qui ſe vouloient mordre,
Tantoſt pour calmer vn deſordre,
Selon qu'on jugeoit à propos
Il n'eſtoit alaigre & diſpos;
Apres auoir veu l'Allemagne,
On le fiſt aller en Eſpagne,
Ou quelques-vns diſent de luy,
Qu'il ne vola rien que pour luy,
Ce qui miſt vn peu en colere,
Et l'Eſpagnol & le Sainct Pere,
Qui lors luy en fit le bien,
Mais à la fin ce ne fut rien:
   Apres quelques mois s'écoulerent,
Nouuelles à Rome arriuerent,
Que vers la ville de Caſal,
Pour vn qu'on dit eſtre Vaſſal

Du Roy de France & de Nauarre,
L'on alloit voir vn beau bagare ;
Mazarin y fut deputé
Par ordre de sa Sainčteté ;
Des trouppes faisoient caracolles
Tant Françoises comme Espagnoles
En dessein de se bien frotter,
Lors que l'on l'apperçeut trotter,
Tenant dans sa main vne Oliue,
Il s'écria d'abord, Qui viue,
Vn chacun respondant pour soy,
Luy respondit, Viue son Roy ;
Les deux Roys de France & d'Espagne
Qui disputoient cette campagne
S'échauffoient dedans leur harnois,
Et l'on voyoit à leur minois
Qu'on auroit peine à les resoudre
A se quitter sans en descoudre.
  Le sieur Mazarin qui voloit
Vers l'vn & l'autre, & bricoloit
Faisoit voir dedans ce rencontre
Qu'il ne tenoit ny pour ny contre ;
Apres auoir beaucoup volé
Vers l'vn & l'autre & bricolé,
Il leur parla de cette sorte,
Ie veux que le diable m'emporte
Il juroit comme vn Bourguignon
Tenant la main sur le roignon,
Mort non pas, dit il, de l'affaire,
Taisés-vous, ou ie vais me taire ;
A ces mots vn chacun se teut
Et puis il parla comme il pût ;
En verité, Dieu me pardonne,
Ie ne veux offencer personne,

Mais vous eftes bien de loifir
D'eftre venu fi loing choifir
Le lieu de voftre Cimetiere,
Sçauez vous bien que le Saint Pere
Vous enuoye dire de fa part
Que vous en cherchiez autre part,
Et qu'il veut qu'vn chacun cognoiffe
Qu'il faut qu'il meure en fa paroiffe
Pour auoir, eftant trefpaffé
Vn *Requiefcat in pace,*
Ioüir de l'eternelle Gloire
N'aller point dans le Purgatoire
Et qu'à moins il s'en va d'vn mot
Vous damner tous comme vn fabot;

   Cette raifon ou bien quelque autre
Leur fit pourtant virer la peautre,
Et les deux Roys le lendemain
Se fraperent dedans la main;
L'Efpagnol tira fa guenille
Vers le Climat de la Caftille;
En France reuint le François,
Et ainfi finit le procez;
   Cafal prés d'eftre mis en poudre
Fut déliuré de cette foudre;
Et Mazarin qui par hazard
Sembloit auoir eu quelque part
A cette belle déliurance,
Prift fon vol deuers noftre France;
Noftre Roy treiziéme du Nom,
Iufte d'effet comme de nom,
En memoire de cette affaire,
Luy fift toufiours fi bonne chere,
Qu'il le tint à pain & à pot,
Voila qui n'eftoit point trop fot;

                          Mazarin

Mazarin qui paſſe pour homme
Le plus ruſé qui ſoit dans Rome,
Se voyant dans vn ſi beau train
Ne voulut plus mettre de frain,
Ny de bornes à ſa fortune,
Parce qu'elle eſtoit trop commune,
Pour la pouſſer iuſques au bout;
Richelieu qui gouuernoit tout
Luy ſembla propre & neceſſaire
Pour bien auancer cette affaire,
De vray point il ne ſe trompoit,
Car ce Cardinal tel eſtoit
Qu'il pouuoit ſans ſortir de chaiſe
Mettre vn homme fort à ſon aiſe;
Il fit tant qu'il gagna ſon cœur,
Soit par adreſſe ou par bon-heur
Richelieu en fiſt quelque eſtime,
Et creut qu'il le pouuoit ſans crime
Admettre dans le Cabinet,
Mais il ne fit pas bœure net;
   Mazarin ſans crainte du chaud,
Se voyant eſleué ſi haut
Par le moyen de ce grand homme,
Meſpriſa ſon retour à Rome,
Ne croyant pas dedans le lieu
Trouuer vn autre Richelieu;
Il eſpera que la creance
Que ce Prelat auoit en France,
Et la faueur de noſtre Roy,
Feroient encor ie ne ſçay quoy
Pour paſſer à vn autre eſtage;
Il ne manqua point de courage,
Et fit ſi bien le bon valet
Aupres du Maiſtre & du valet;

E

I'etens le Roy par le mot Maiſtre,
On tout du moins qui deuoit l'eſtre,
Par valet i'entens Richelieu,
Du moins il en tenoit le lieu,
Mais maintenant n'eſt ma penſée
De demeſler cette fuſée;
Tant eſt qu'il beſogna ſi bien
Qu'il ſe gagna en moins de rien
La faueur de noſtre Monarque,
Qui ne le laiſſa pas ſans marque
De cette amitié fort long-temps,
Il le fit monter tout content
Deſſus vne belle EMINENCE
D'où il voyoit preſque la France
Toute miſe au deſſous de ſoy,
Ce fut de là qu'il dit morgoy,
Ie n'ay, dis-je, plus rien à craindre,
L'on ne me ſçauroit plus atteindre;
Puiſque ie ſuis logé ſi haut
Ie pourray voler comme il faut,
Et ſi ie veux groſſir mes ailes,
Ou bien en faire de nouuelles.
    Il eut raiſon, car Richelieu
Fit voyage vers le bon Dieu,
D'où il n'eſt reuenu encore;
Le feu Roy que la France adore
Voyant qu'il ne reuenoit point
S'eſchauffa tant en ſon pourpoint
Qu'il voulut aller voir luy meſme
Ce qu'il faiſoit, mais tout de meſme,
Il s'y eſt trouué ſi content
Que depuis ce temps on l'attend,
Mais on aura loiſir d'attendre
Si l'on veut l'attendre à deſcendre;

Richelieu auant son depart,
Soit à dessein ou par mégard,
Ou par vn coup de Politique
Que chacun à son sens explique,
Dist au Roy luy disant adieu
Que Mazarin tiendroit son lieu :
A quoy s'accorda nostre Sire
Qui ne voulut pas le desdire,
Et bien dauantage en partant
Le Roy en ordonna autant
A son Conseil & à sa femme,
Ce qu'elle fit la bonne Dame ;
Maintes gens n'estoient pas d'aduis
Que ces aduis fussent suiuis,
Mais tous y perdirent leur peine,
Car nostre charitable Reine
Luy leua la queuë si fort
Que son party fut le plus fort :
   Mazarin se voyant Ministre,
Sur sa teste Chapeau & Mitre,
Et les plus hupés de la Cour,
S'en venir luy faire la cour
Il se mocquoit sous l'habit rouge
Comme vn coq d'Inde entre ses gouges,
On ne iuroit plus que par luy,
Ceux qui l'alloient trouuer chez luy
Le traittoient d'Eminentissime,
Quoy qu'il fust ignorantissime
Au mestier où mis on l'auoit,
Car ostez les jeux qu'il sçauoit
Du Hoc & du Trente & quarante,
L'art de faire chere courante,
Porter des glands à son rabat,
Il n'eust pas tiré le rabat

Dans vne partie de Mazettes,
Si l'on s'en rapporte aux Gazettes
Qui en ce temps couroient de luy
Et courent encore aujourd'huy ;
Il fut pourtant le galand homme,
Qui fut de tous meftiers à Rome,
Placé au fefte de l'Eftat
Pour y trencher du Potentat ;
Car oyfeau de mauuaife augure,
Qui ne voloit qu'à l'auenture
S'eft perché au Palais Royal,
D'où il vole le defloyal
De tous coftez comme il s'aduife,
Et fait fon nid dedans Venife :
    Mais il a pris trop haut fon vol
Pour ne fe pas caffer le col,
L'efclat de la viue lumiere
D'où il approche fa paupiere,
Comme vn hibou l'aueuglera,
Les forts rayons que lancera
Cette authorité Souueraine,
Dont il s'attribuë le domaine
Le feront trefbucher en bas,
Ses ailes qui ne fondent pas ;
En reuanche font fort brillantes,
Les bluettes eftincelantes
Qui fortent de ce lourd metal,
Ont ja efbloüy ce brutal.
    Le feul enleuement d'vn Prince
Ofé par vn homme fi mince,
Appuyé fur l'authorité
D'vn Roy dans fa Minorité,
Eft vn argument fans rubrique ;
Mais il a pouffé fa bourrique

Depuis

Depuis le temps de plus en plus
Si auant qu'elle n'en peut plus;
Il ne bat plus rien que d'vne aile,
Il eſt eſtourdy il chancele:
Qui vit iamais quand il fait beau
Vn heron battu de l'oiſeau,
Dont il veut éuiter l'atteinte,
A veu Mazarin plain de crainte,
Conniuer de peur de l'eſchec
Que luy peut faire vn coup de bec;
C'eſt en vain qu'il prend tant de peine
Pour ſe ſauuer la poche eſt pleine,
Il ſautera cela eſt net,
I'y parirois bien mon bonnet;
Il ne faut point eſtre Aſtrologue
Pour faire ainſi ſon epilogue;
Qui peut douter que noſtre Roy,
Bien informé comme ie croy
Ne le chaſſe en peteur d'Egliſe,
Qui croit autrement fait ſottiſe:
    Mais quand il aura fait le ſaut,
Qu'il ſera tombé de ſi haut,
Que penſez-vous lors qu'il deuienne,
Eſperez vous qu'il ſe retienne
De ſe pendre apres ce mal-heur,
Non, il eſt trop homme de cœur
Pour refuſer vne potence
A la fin de ſa decadence.
    Mais apres qu'il ſera pendu,
Que quelqu'vn luy aura rendu
Par charité ce bon ſeruice,
Si luy meſme n'en fait l'office,
Car cette ſorte de treſpas
Sans doute ne luy faudra pas,

Là-deſſus deux mots d'audiance,
Reſtera-t'il à la potence
Pour eſtre mangé des Corbeaux,
Ses yeux ſi charmans & ſi beaux,
Qui ont tant fait de gens impies,
Seront-ils becquetez des pies;
Non les Dieux pitié en auront,
Ils ſe metamorphoſeront,
Seulement dans cette auanture
Il ne perdra que ſa figure.
    Comme Icare apres qu'il fut cheu
Dedans la mer, lieu où il beut
Outre ſa ſoif, les Dieux en prirent
Vn tres-grand ſoin, meſme ils en firent
Vn beau bocage de rozeaux,
Le plus bel ornement des eaux,
Sejour ou venoient les Nayades
Faire leurs tours de promenades,
Rendés-vous de tous les Tritons
Pour leur manier les tetons,
Et quelquesfois prendre courage
De mettre le chat au fromage;
Et comme il fut fait Macquereau
Des Nayades au fond de l'eau,
Ainſi qu'auoit eſté ſon pere
De Minotaurus de la Mere,
Ce qui fut à mon aduis bien
Puiſque de race chaſſe chien
    Mazarin ſera tout de meſme
Transformé apres la mort bleſme,
Non pas en Aſtre radieux
Pour ſeruir de chandelle aux Dieux,
Non pas en Tulipe ou Lauande
Il ne faut point qu'il s'y attende,

Non plus qu'en Marjolaine ou Thim
Pour eſtre mis ſur vn tetin,
En Lys en Oeillet ou en Roze
Narque pour ſa Metamorphoſe;
Que ſera-t'il donc Mazarin?
Vne plante de Romarin?
Elle a vn peu l'odeur trop bonne,
Que deuiendra donc ſa perſonne?
Ah pardon, Mazarin, pardon!
Les Dieux te feront vn chardon
Pour eſtre ſous cette figure
Des Aſnes la noble paſture,
Ceux d'Auùergne, ceux de Morlais,
De Touraine & Mirabelais,
Iuſques aux Mulets & aux Mules
Seront du banquet Seigneur Iules,
Et l'on dira de toy enfin,
Que telle vie telle fin.

F I N.